張秋生魔法童話 4

巫婆格格丁的糊塗魔法

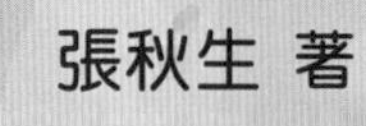

張秋生 著

新雅文化事業有限公司
www.sunya.com.hk

魔法爺爺張秋生
寫給小朋友的話

美麗而神奇的童話城堡在哪裏？

它不在風景如畫的河岸上，不在羣峯對峙的懸崖上；它不在翠綠幽深的密林裏，也不在一望無際的沙漠和草原上。

美麗而神奇的童話城堡在哪裏？

在清晨和黃昏的閱讀中，在漆黑夜晚的夢境裏，它會時時出現在你的眼前，悄悄矗立在你的心坎裏。你奇幻的想像，美好的憧憬，真摯的情感陪伴着它。那裏面藏着神奇的故事，有趣的人物，藏着真善美，藏着你

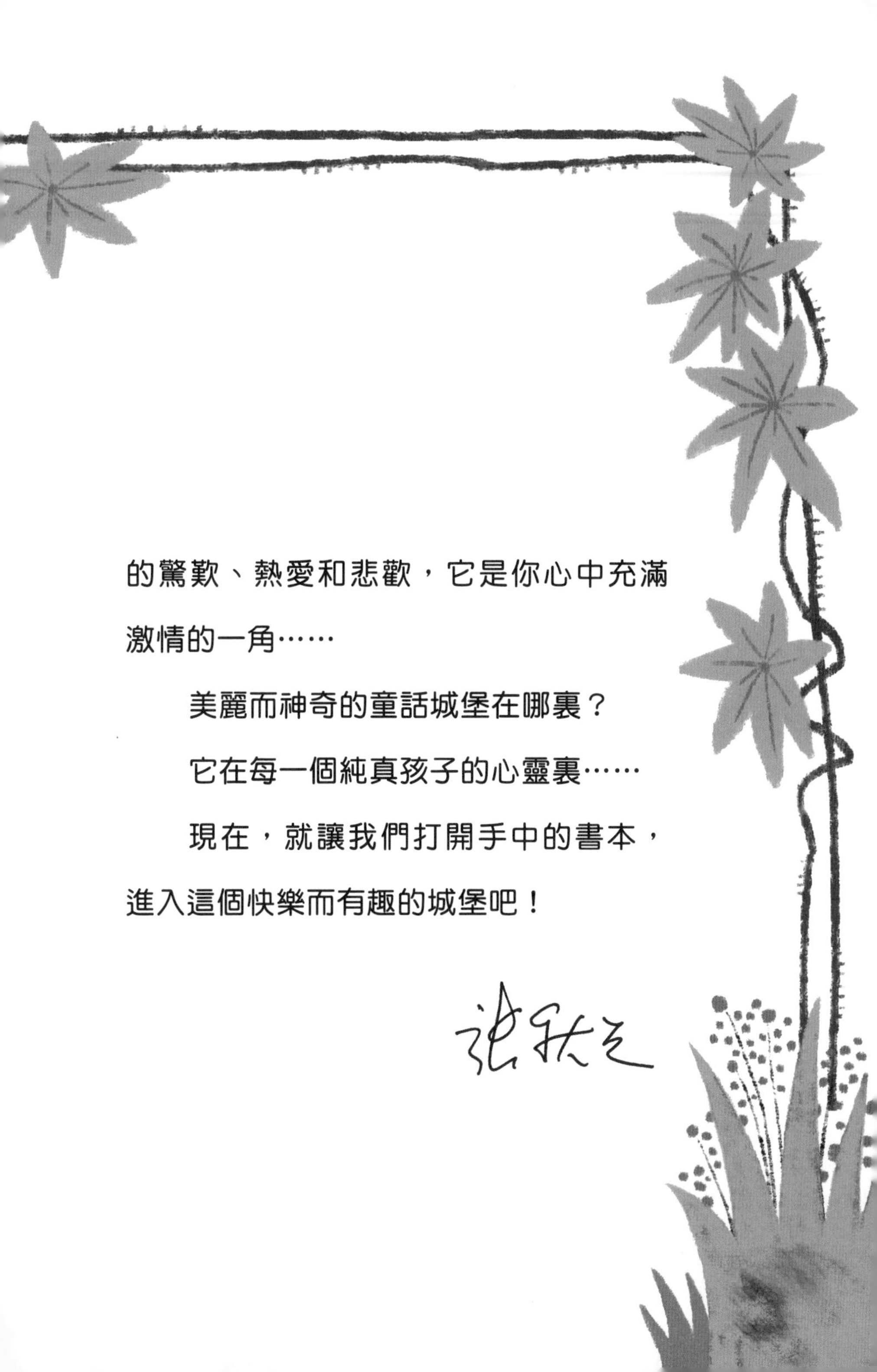

的驚歎、熱愛和悲歡，它是你心中充滿激情的一角……

　　美麗而神奇的童話城堡在哪裏？

　　它在每一個純真孩子的心靈裏……

　　現在，就讓我們打開手中的書本，進入這個快樂而有趣的城堡吧！

張秋生

目錄

八個脖子的鹿

格格丁婆婆是森林裏有名的巫婆。

她住在一棵高得參天的大橡樹下面，一間非常簡陋的小木屋裏。格格丁巫婆喜歡哼哼歌、嗑嗑葵花子。她有一副挺好的心腸，還有一點我幾乎忘了，她的眼睛近視得厲害，所以時常要戴一副度數很深的眼鏡。

最重要的是，作為一位職業巫

婆，她有很高明的魔法，她會唸很多魔咒，而且這些魔咒都是挺靈驗的，否則算什麼巫婆呢？

以上這些介紹，是初次和這位巫婆接觸後所能得出的大致印象。下面我還想透露一點我不知道該不該說的話，本來在背後議論別人是不太禮貌也不太應該的。但是，有什麼辦法呢？你早晚也會發現，因為她的所作所為，早就把自己的這些毛病暴露無遺了。

我還是說說吧，否則我會坐立不安的。

這位巫婆有個很大的毛病，正如她遠近聞名的外號「糊塗巫婆」所顯

示的：糊塗。

格格丁巫婆平時有點兒丟三落四、笨手笨腳、馬馬虎虎、心不在焉、魂不守舍、精神恍惚、張冠李戴、粗枝大葉、自作聰明、自以為是……（還有類似的詞我想不起來了，請你幫我想想。）

反正由於這些毛病，格格丁巫婆用她的糊塗魔法幹了許多讓人捧腹大笑的糊塗事。所幸結局都不那麼糟糕。

糊塗巫婆格格丁的好些糊塗故事，是在孩子中間盛傳不衰的。

下面，我們來說第一個故事——八個脖子的鹿。

森林裏有一隻非常漂亮的小花鹿。小花鹿正在長身體的時候，他很活潑，很好動。

小花鹿在森林裏上小學，他有很多很要好的朋友——小刺蝟、小兔、松鼠、白鶴和小熊。

森林小學的河馬老師是位挺嚴厲

的老師，一天，他教大家寫字——

「我愛美麗的大森林。」

大家都寫得很好，獲得了河馬老師的誇獎。就是小熊寫得不好。他的每個字都像在拳擊台上挨了重重一擊的拳擊手一樣，歪歪扭扭地直不起身子。河馬老師指着這些七扭八歪的字說：「瞧瞧你這些字，跌跌撞撞的，都擠到格子外面來了。你應該一筆一畫地寫在格子裏面，寫端正。」

小熊重寫一遍，字還是到了格子外面。

河馬老師要小熊回家好好練習。

出了校門，大家一起玩耍，他們在森林裏玩遊戲。別人都玩得很開心，唯有小熊愁眉苦臉的。他說：「為了這八個字，我寫啊寫啊，把格子紙都寫完了，還寫不好！」

小花鹿說：「沒關係的，我會幫你找紙。」

他們開始玩藏貓貓的遊戲。

小花鹿躲在一座小木頭房子前面的草堆裏。

院子裏窸窸窣窣的聲音驚動了小木屋的主人。

原來這兒是糊塗巫婆的家。格格丁巫婆正在嗑葵花子，聽到院子裏有聲響，她把房門打開，院子裏空空的。但她知道附近肯定有人，就大聲喊道：「誰躲在草堆後面，要是再不

出來，我會把他變成一條身上長花斑的蛇！要知道，這兒是格格丁巫婆的家。」

小花鹿一聽嚇壞了，趕緊從草堆後面鑽了出來，他說：「別把我變成花斑蛇，我最討厭蛇了。」

「你躲在這兒幹什麼？」

「我們在玩藏貓貓遊戲。」

「哦，那你們玩吧，躲在哪裏都沒有關係。」格格丁巫婆一邊嗑瓜子，一邊看着美麗的小花鹿說。

小花鹿突然冒出個有趣的想法。他想平時大夥兒叫他梅花鹿，因為他身上有一些白色的斑點，很像小梅花，要是小梅花換成小格子多好。那樣，小熊和同學們就能用手指在格子裏練習寫字了。而且，身上有美麗的格子也很好看。河馬太太有條花格子的圍巾，披在身上就很漂亮。

小花鹿對糊塗巫婆説：「格格丁婆婆，你能在我身上變出八個格子嗎？」因為他想到，剛才河馬老師要他們寫的是八個字。

格格丁巫婆這時思想有點兒不太集中，她正嗑着一顆又大又飽滿的葵花子，那味兒特別香。所以小花鹿提出這個要求，她連想也沒想就連聲説：「能，能，這不難！」

格格丁巫婆馬上唸了咒語。唸完咒語，她説：「小花鹿要八個脖子，

就讓他擁有八個脖子吧！」原來她把「八個格子」聽成「八個脖子」了。

馬上，格格丁巫婆想：不對啊，小花鹿只有一個腦袋，要八個脖子幹什麼？再說八個脖子安在哪兒呢？身上安着八個沒有腦袋的脖子，不像八個煙囱嗎？小花鹿不就成了怪物嗎？

格格丁巫婆想再給小花鹿補七個腦袋，她再一想這更糟糕，一隻鹿有八個腦袋絕對不是好事：一個腦袋想睡覺，一個腦袋想跑步，一個腦袋想朝前走，一個腦袋想往後跑……這沒法活。

格格丁巫婆懷疑自己聽錯了什麼，不過這已經無法更改，因為魔咒

是十分靈驗的，但她還是想了一個補救的辦法，把這八個脖子一個一個接起來，接成一個長脖子。在長脖子的頂端，安上了小鹿原有的那個腦袋。

也就是說——小花鹿變成了一隻脖子很長的鹿。

小花鹿看見自己身上的梅花點沒有變成格子，而脖子卻在一個勁地往上長，長得有原來脖子的八倍那麼長。他知道格格丁巫婆又犯糊塗了，就傷心地大哭起來，眼淚把身上打得濕一塊、乾一塊。

小花鹿逃進森林深處，他怕伙伴們會笑話他，獨自一個人把嗓子都哭啞了，再也發不出聲來。

不過當小花鹿哭累了，哭餓了，抬頭吃樹葉時，他發現樹上面的葉子又多又嫩，比樹下面的葉子好吃多了。小花鹿再抻長脖子一看，森林周圍的景色都一覽無餘。他還能看到很遠處朋友的一舉一動呢！

小花鹿心想：也好，我不僅能吃到樹頂的嫩葉子，還能幫伙伴們站崗放哨呢！

伙伴們呢，也找到了小花鹿，他們說：「小花鹿你變得好高大，你身上的花紋也變了，不再是一朵朵小梅花，而是深一塊淺一塊的顏色，看上去好氣派啊！」

小花鹿笑了，他不再悲傷。

小花鹿的脖子又細又長，成了一頭高大雄偉的長頸鹿。

爬上草葉的懶牛

人不都是聰明的，這道理大家都知道。

牛也不是全都勤勞的，這可能大家就不太清楚了。

話說很久以前，有一頭牛，這是一頭挺漂亮的小牛。小牛很得父母的寵愛，從小吃吃玩玩，從來也不幹活兒。

小牛越長越大，變成了一頭大牛。

大牛還是很懶，整天坐坐躺躺，找點兒吃的，什麼活兒也不想幹。

看見同伴們不停地忙着犁地幹活兒，大牛覺得這樣太累了；看見他們不論在炎熱的太陽下，還是在寒冷的風雨中，拉着車運東西，大牛覺得這樣太傻了。

大牛變得越來越懶。

很多牛來勸他，作為一頭牛應該努力去幹活兒。因為吃苦耐勞是牛的本性，整天吃吃睡睡，別人還以為是一頭豬呢！

「不。」大牛聽了這些話說，「我頭上長着一對角，沒有人會把我當豬，我就是不想幹活兒，就是

要做一頭不幹活兒的牛。」

但是，說實話，大牛的生活過得並不愉快。因為老是有人當面或背後責怪他不應該這樣懶，都說從來也沒有見過這樣懶的牛。

無論大牛走到哪兒，總有人在議論着他。

就這樣，大牛再也不願意和大夥兒生活在一起，他獨自躲進了森林裏，想做一頭自由自在、不需要幹活兒的牛。

可是，大牛躲進森林以後，生活得也不愉快。森林很大，但沒有遮蔽風雨的地方，不像他在田野上，有一個牛棚，雖說簡陋點兒，卻能遮風擋

雨。平時和爸爸媽媽在一起，還有個呵護，在這裏沒有一個家很孤獨。再說，森林裏也不是每塊草地的草都可以吃，有的草又苦又澀，根本不能吃。那些好吃的草叢裏，常常藏着毒蛇和巨蟒，還有可怕的狼、虎或豹子出沒。

最讓大牛受不了的是森林裏有一種鳥，老在樹枝上唱着：「牛去耕地，牛去耕地……」

在森林的邊上，是格格丁巫婆的家。

那一陣子，格格丁巫婆在家攻讀一本名叫《怎樣能使你的魔法不糊塗》的書。其實這本書她看了好幾遍了，可是每次總是越看越糊塗。看着看着，格格丁巫婆的眼皮就開始打架，她從來沒有這樣瞌睡過。魔法書上的那些字好像連成片，跳起了催眠的舞；那些七拐八彎的咒語，變成了催眠歌謠，讓她讀着讀着眼皮全黏在一起了。

「咚！」魔法書掉在地上她都不知道。

格格丁巫婆的呼嚕打得很響，很響……她這一覺睡得好沉，一連過了三天三夜才醒。

格格丁巫婆伸個懶腰，打着哈欠，走出小屋門口時，發現屋子前面的雜草又長高了不少，高得可以遮住她的膝蓋了。

格格丁巫婆挺不高興地說：「瞧這些雜草，才除了沒幾天，又長得這麼高了，真讓人討厭。」她嘴裏不斷地咕噥着，抬頭一看，遠處有頭牛正在低着頭吃草。

「有了。」格格丁巫婆一拍

巴掌説，「我有辦法不花力氣就能除掉這些草了。」

她走到正在吃草的大牛身邊，説：「牛啊，我看你胃口這麼好，你能不能幫我把屋前的雜草都吃完呢？」

大牛抬頭看着她説：「照我往常的胃口，吃掉這點兒草不算啥，可是現在不行，我已經吃得半飽了。再説，你屋前的這些草味道不好。再説，我這幾天心情也不太好。再説……」

「哪來那麼多的再説。」格格丁巫婆説，「我從來不讓別人白幹活兒，你心情不好，我能讓你變好，我格格丁巫婆有這個本領。」

「啊，你就是大名鼎鼎的格格丁巫婆。」大牛高興地說，「我當然願意吃掉你屋子前面的草，再多我也吃得了。不過，你得幫我一個忙。」

「說吧，雖然不是所有的事我都能幫得上忙，但至少有很多事是難不

倒我的，我有魔法。」

「我太需要你的魔法了！」大牛高興地說，「那就說定了，我馬上就把這些草吃掉！」

大牛說完就直奔格格丁巫婆的小屋，他一口氣把小屋門前的草都吃了，吃得直打飽嗝兒。

「呃，呃，呃——」大牛對巫婆說，「我把你屋前的草都吃完了，呃，瞧把我撐的，你該幫我辦事了吧？」

格格丁巫婆瞧着大牛的這副模樣，同情地說：「你說吧，你有什麼要求，我一定幫你。」

「我想有間小屋能遮蔽風雨。」

「這個要求不過分，我能辦到。」

「小屋要能跟隨我走，我到哪裏，小屋就跑到哪裏。這樣能省我不少力氣，累了或颳風下雨，我隨時能躲進去睡一覺。」

「你真是夠懶的。」格格丁巫婆說，「就這些嗎？」

「不，還有。我希望不費力氣就能找到最好的草，而且一連能吃上許多許多天。」

「你胃口很大，這倒有點兒難。」

「你不是說你能辦到嗎？你把我的胃口變小一點兒也沒關係啊。」

「可以，可以試試。我可以同時唸幾條咒語，給你變屋子，隨你到處跑的屋子；我要讓你隨時找到好

吃的草，而且能一連吃好多天；我還必須把你的胃口變小……說實在話，你夠懶的，我要施魔法也夠難的！」

「但是……」

「沒有什麼但是，你幫我幹了活兒這很辛苦，我當然應該幫你，誰讓我事先答應了你呢。不過把幾條咒語一起唸，說實在話有時我會犯一點兒糊塗。我要問一下，要是出點兒意外怎麼辦？」

「只要有屋子，還是隨我走的屋子；只要有足夠我吃的美味青草；只要我頭上還長着兩隻角，人家還叫我牛，這就沒有什麼可說的。出點兒意外又有什麼了不起呢？」

「你這樣說，我就有信心了。」格格丁巫婆進屋去翻了一下她的魔法大辭典。她記熟了幾條咒語，就來到大牛身邊。她兩手朝天，嘟嘟噥噥，最後她用沙啞的嗓子說了聲：「變！」

只見大牛身邊騰起一片煙霧。

一會兒，煙霧散盡，大牛不見了蹤影。

格格丁巫婆犯糊塗了，她知道自己的魔法又出了點兒問題。但她想，魔法再出問題，也不至於把大牛變得無影無蹤啊。格格丁巫婆在大牛原先站立的地方仔細尋找，只見在一片草地上，有一隻身上背着圓圓硬殼的小

動物。那小動物正在把頭伸出圓殼，驚奇地四處張望呢。

這時，有一隻蝴蝶飛過，她說：「啊，這裏有個小東西，他能背着自己的小屋子，也就是小窩，在草叢中跑呢。

他有兩對小小的角，像牛一樣。啊，我就叫他蝸牛吧。」

格格丁巫婆説：「這就對了，這小蝸牛有了間能遮蔽風雨的小屋子，而且這屋子還能隨身帶着跑。更有意思的是，他總生活在自己愛吃的草上面，而且每棵嫩嫩的草都夠他吃上幾天呢。」

瞧着這頭上豎着兩對小小角的蝸牛，正張着小嘴在吃青草，格格丁巫婆歎了口氣説：「雖然我犯了點兒糊塗，但我施的魔法並沒有脱離大牛的要求。他該心滿意足了。」

蝸牛有沒有心滿意足呢？當然沒有，他從一頭大牛，變成了

一隻小小的蝸牛，怎麼有臉面再去見自己的父母和同伴呢？

小蝸牛可以不用幹活兒了，也有足夠吃的美食，但他並不開心，常常是一邊趕路一邊哭。他走過的地方，總會留下一行亮亮的痕跡。

狐狸是怎麼變臭的

誰也不能否認，狐狸是長得很漂亮的。

他有細長的身子，有匀稱的腿。當然，他還有一條美麗蓬鬆的尾巴。

狐狸的臉是狹長的，他的笑很動人。

狐狸説話細聲細氣，不熟悉的人，會覺得狐狸很可愛，很迷人。

狐狸總為自己的美麗而驕傲。

美麗是值得自豪的，這沒有什麼過錯。但美麗不應該僅僅只是外表，還應該有一顆同樣美麗的心。狐狸的心並不美麗，這是誰都知道的。

狐狸很狡猾，他總是用自己美麗的外表去迷惑別人。然後，趁別人不注意，佔別人的好處。狐狸還很殘酷，誰都知道母雞大嫂的三個可愛的孩子，就是被狐狸這張説話細聲細氣的小嘴襲擊而喪命的。狐狸還耍小聰明，用花言巧語，用一點兒小計謀、小滑頭來騙別人為自己服務。狐狸把所有的人都看作可以利用的傻瓜。

狐狸不知從什麼時候開始，盯上了格格丁巫婆。狐狸住得離格格丁巫婆不遠。他早就知道這位格格丁巫婆是位很糊塗的巫婆，時常幹一些很傻很糊塗的事情。

狐狸常常在想，一個糊塗

的巫婆是最容易對付的。他總想利用格格丁巫婆的糊塗，來為自己幹點兒什麼。

狐狸想不出自己還缺點兒什麼，他美麗、聰明，他有使用得很順手的狡猾辦法……可以説他什麼都不缺。

但是有一天，當狐狸來到明亮的小溪邊時，小溪裏的那隻狐狸提醒了他，該為自己增加點兒什麼。

那天的陽光特別好。

狐狸來到小溪邊，看見自己在溪水裏的倒影，看得入了迷：美麗的身材，可愛的皮毛，還有一張笑起來挺動人的臉，儘管那臉上稍帶着一些狡猾。

「我還缺點兒什麼呢？」狐狸問

自己。

就在這時，狐狸身邊的一枝蘭花開了，那花發出幽幽的、好聞的香味。狐狸看着溪水中的自己，自言自語：「這麼美麗的一隻狐狸，應該渾身發出一種好聞的香味才是。一隻漂亮的、香噴噴的狐狸，才是最招人喜愛的狐狸。」

狐狸邁着輕巧的步子，在小溪邊走了幾步。他覺得自己的姿勢美極了。要是身上再能散發出一陣陣香味，自己會顯得更典雅、更有品位的，那樣會讓更多人迷上他，他會得到更多好處的。

狐狸想定了，他要去找格格

丁巫婆，讓巫婆為他施魔法，讓他身上散發出好聞的香味。可是狐狸再一想，自己的名聲不太好，要是讓巫婆知道了，恐怕她不會樂意幫忙，這樣一切都會落空的。

狐狸轉而一想，世界上還沒有難倒狐狸的事，他可以想辦法。憑他的聰明，沒有辦不到的事。

從這一天開始，狐狸經常去格格丁巫婆那兒。有時，他給格格丁巫婆帶去兩個蘋果，巫婆問他哪兒來的蘋果。

狐狸說：「我摘下一籃蘋果去看生病的老河馬，順便給您捎上兩個。」

格格丁巫婆說：「你真是隻好心

的狐狸。」

其實，這是他從小兔那裏搶來的。

有時，他給格格丁巫婆送去一根手杖。巫婆問他這是從哪兒弄來的。

狐狸說：「我在半路上看到一隻狼在追小鹿，我用棍子趕走了狼。後來，我發現這棍子是根很好的手杖，就給您送來了。」

格格丁巫婆說：「你真是隻善良又好心的狐狸。」

其實，狐狸剛才撿來這根木棍，是用來捅樹上的鳥窩，撿鳥蛋吃的。

狐狸幹的這些壞事，都讓森林裏的一隻麝看到了；狐狸在格格丁巫婆那兒說的漂亮話，也讓麝給聽到了。

於是，麝就跑到格格丁巫婆那兒去，他告訴巫婆這是隻不安好心的狐狸，得提防他一點兒，可是格格丁巫婆不信，她問狐狸：「你講的是實話，還是麝講的是實話？」

「當然我講的是實話！」狐狸說，「麝這樣講是因為我比他漂亮，比他聰明，他是一個壞心的、愛嫉妒的傢伙。」

狐狸還裝出一副委屈的樣子說：「巫婆奶奶，你不也知道有這樣一句話嗎——嫉妒是讓人心變壞的毒藥。」

「有道理。」巫婆說，「我聽過這麼一句話。不過，我還想聽聽別人是怎麼說你的。」

就在這天下午，狐狸給格格丁巫婆送來一隻小雞，他說：「巫婆奶奶，你聽聽這隻小雞是怎麼說我的吧！」

小雞瞧瞧格格丁巫婆，小聲地說：「狐狸是……好狐狸。」

格格丁巫婆問：「他真是好心的狐狸嗎？」

「沒錯。」小雞抬頭瞧瞧狐狸說，「狐狸真的是隻好狐狸。」

格格丁巫婆信了，她相信狐狸真是一隻好狐狸。她問：「好心的狐狸，你要我幫你幹點兒什麼？」

狐狸高興極了，他說：「巫婆奶奶，請讓我身上發出好聞的香味來，讓麝這個壞傢伙身上發出難聞的臭味！」

「好。」格格丁巫婆說，「我會滿足你的願望的。讓一隻好心的狐狸發出香味，這個要求一點兒也不過分。」

格格丁巫婆兩手朝天，唸起了咒語，她挑選了一種最靈驗的咒語。

巫婆唸完咒語說：「誰的心好，就讓他身上散發香氣；誰的心壞，就讓他身上散發臭氣，萬靈萬驗！」

唸完這最後一句話，格格丁巫婆心想，狐狸身上準會發出好聞的香味。誰知道，她聞到的卻是一股撲鼻的臭味。

就連邊上的小雞都叫道：「臭死了，臭死了，狐狸身上臭死了！」

格格丁巫婆這才知道，這狐狸確確實實是一個壞蛋，因為咒語是不會騙她的。狐狸也聞到了自己身上的臭味，知道自己弄巧成拙，只好拖着尾巴跑掉了。

格格丁巫婆慶幸她最後講的那句話，她拍拍自己的腦袋說：「雖然我有時有點兒糊塗，但畢竟還是一個能幹的巫婆！」

這時，那隻小雞拍着翅膀高興地說：「壞狐狸跑了，壞狐狸跑了！」

格格丁巫婆說：「奇怪，你剛才不是還說他是隻好狐狸嗎？」

小雞哭着告訴格格丁巫婆，狐狸抓住了他，要吃掉他，還惡狠狠地對他說：「你要是還想看看這美好的世界的話，就告訴別人我是一隻好狐狸。那樣，我吃你時就從你的尾巴上吃起，讓你多看一眼這個世界；要是你不照我的話做，我就從你的腦袋吃起……」

小雞為了多看一眼這個世界，就不得不說狐狸是隻好狐狸了。格格丁巫婆這才明白自己是怎麼上了狐狸的當的，她又唸了幾句咒語，讓壞狐狸永遠是臭的。

那隻好心的麝呢，身上總發出陣陣香味，一直到現在都是這樣。

纏成一團的小青蛇

小青蛇很美麗也很健壯，他想成為一條很大很大的蛇。

小青蛇在森林裏常受其他蛇的欺侮，他們說他是條長不大的蛇，是條小不點兒的蛇，是條不起眼的蛇……小青蛇聽了很生氣。他想，「要是我是條很大很大的蛇，他們就不敢欺侮我，不再說我是條不起眼的、小不點兒的蛇了。」

小青蛇把自己的想法告訴爸爸媽媽。爸爸說：「我們青蛇家族個頭都不太大，長成爸爸這樣，就算是條大蛇了，再長大是不可能的。」

小青蛇聽了很懊喪。

有一天，小青蛇和自己的好朋友阿獾一起玩，他覺得自己身上好癢癢。小青蛇在草地上的石塊上蹭蹭，在大樹幹上磨磨，身上還是癢癢。

小青蛇問阿獾：「你瞧瞧，我身上有蟲子在爬嗎？」

阿獾看了半天說：「沒有啊，你身上很乾淨，什麼東西也沒有。」

中午到了，小青蛇對阿獾說：「我身上太癢了，我想好

好睡上一覺也許會好一些。」小青蛇鑽進一個樹洞裏，他盤起身子，開始睡覺。

不一會兒，小青蛇睡着了。

睡夢中，小青蛇覺得自己身上好像有一隊螞蟻在賽跑。小青蛇拚命扭動身子，想擺脫這羣小螞蟻的糾纏。不過他越扭越癢，越癢越扭，他在窄小的樹洞裏鑽來擺去，扭個不停。

快到傍晚了，好朋友阿獾見小青蛇還沒出樹洞，不禁有點兒奇怪。阿獾來到樹洞前大聲喊：「小青蛇，還沒睡夠嗎？都到傍晚了！」

樹洞裏並沒有回音，只聽見一陣輕微的怪怪的聲響，阿獾探頭一瞧，

裏面有一團東西。

「樹洞裏藏着的是什麼東西？」

阿獾撿起地上一根細長的棍子，把那團東西撥拉出來一瞧：「天啊，小青蛇你怎麼像繩子一樣纏成一團了？」

「身上非常癢！」小青蛇用輕微的聲音呻吟着。他很想動動身子，可

是他已經把自己纏成一團了，再也不能動彈。

「天啊，你在咕嚕些什麼，我一點兒也聽不清楚。」阿獾豎起耳朵仔細聽着。

「身上非常癢！」這次阿獾總算聽清了。

樹上飛來一隻烏鴉，她驚奇地瞧着。「我從來沒見過一條蛇能扭成這樣，這下子怎麼把他打開？」烏鴉聲音沙啞地說。

烏鴉想了一下說：「去找外科的螃蟹大夫吧，不過他會把你截成幾段，再把你弄直！」

「不，我不要被截成幾段！」小

青蛇使盡力氣喊叫着。

「那麼，」烏鴉又抬頭想了一下說，「你得去找老熊奶奶，她是個編織能手，她會像拆開一個籮筐一樣，把你拆開。不過，你會被弄得傷筋斷骨！」

「我不要傷筋斷骨！」

「你都不要，看來只能去找糊塗巫婆格格丁了。」烏鴉說，「不過這位格格丁巫婆常會搞出點兒誰也想不到的糊塗花樣來。當然，她還算是個好心的巫婆……」

聽了這話，阿獾趕緊去找格格丁巫婆。

格格丁巫婆正在家中讀一

本名叫《容易弄錯的幾種魔法》的書。她想盡量讓自己的魔法不出錯。

看見阿獾氣喘吁吁地跑來，格格丁巫婆放下書本和氣地問：「有什麼事需要我幫忙嗎？」

聽了阿獾的話，格格丁巫婆說：「沒問題，別說小青蛇纏成一團，就算變成了油炸麻花，我也能讓他變回原樣，我有這個本領！」

格格丁巫婆來到樹洞前，看到小青蛇的奇怪模樣，她忍不住咯咯地笑了起來。

樹上的烏鴉帶着幾分嘲笑說：「格格丁巫婆，你該不會施出什麼嚇人的糊塗魔法來吧！」

「你這隻多嘴的烏鴉，我先要給你施點兒魔法，讓你閉上嘴，三天說不出話來，你才會知道我的魔法靈不靈。這算是給你的一點兒懲罰。」

格格丁巫婆說着就施了一道魔法，烏鴉果然閉緊了嘴巴，再也不講一句話。烏鴉把眼睛瞪得大大的，彷彿要說些什麼。

格格丁巫婆說：「我知道你想說，自己不該這樣多嘴，不該胡亂評論人家。不過現在晚了，還是讓你的嘴巴休息三天吧！你得接受一點兒教訓。」

其實烏鴉想說的是：「謝謝你格格丁巫婆，我這兩天嗓子發炎，正好想閉嘴休息兩天……」

格格丁巫婆轉過身來問小青蛇：「孩子，你怎麼把自己弄成這樣？」

小青蛇扭曲着身子，沒法大聲説話。他輕聲呻吟着：「身上非常癢！」

但是，格格丁巫婆卻聽成了：「我想五倍長！」

「可憐的孩子，」她心想，「為了要五倍長，不惜把自己弄成個小球，如果想十倍長，沒準兒還會把自己變成個麻餅呢。我不僅要解除他的痛苦，還要實現他的願望。」

格格丁巫婆嘰里咕嚕地唸起了咒語，她最後說：「小青蛇，像你所說，我要讓你的身子有五倍長！」

剛說完這話，小青蛇馬上解開了身子，還蛻下了一張皮。原來小青蛇正要蛻皮長身體，所以身上會癢癢。現在他蛻下了一身舊皮，身子猛長了五倍。

小青蛇的好朋友阿獾着急了：「格格丁巫婆，你又糊塗了。小青蛇説身上非常癢，沒説要有五倍長！」

「我聽錯了嗎？」格格丁巫婆驚訝地問小青蛇。

「不，你沒有聽錯。阿獾聽到的是我嘴中説的話，而你聽到的是我心中想説的話。格格丁巫婆，你一點兒也不糊塗。」

原先一點兒也不起眼的小

青蛇，變成了一條粗粗長長的英俊又健壯的大蛇，他心中十分高興。現在再沒有誰説他是個小不點兒，也再沒有誰敢欺侮他了。

　　而樹上的那隻烏鴉，此刻十分後悔，要是此刻她能張嘴説話該有多好。她會把格格丁巫婆的這個了不起的魔法，傳遍整個森林的。

掉了能再長的尾巴

就在不久之前，森林裏舉行了一場尾巴大賽。

動物們都在誇自己的尾巴怎麼棒，自己的尾巴怎麼漂亮。

小松鼠說：「我的尾巴蓬蓬鬆鬆，在樹叢間蹦來跳去時，它像一把降落傘，晚上睡覺時還能當被子蓋。」

小狐狸說：「我的尾巴特別粗大，特別顯眼，誰想在後面追趕我，

我把尾巴朝左邊一甩，別人還以為我朝左邊跑去了，其實我往右邊溜走了。我的尾巴像我一樣，又可愛又漂亮。」

　　小兔子站在一隻小蜥蜴邊上，他對蜥蜴說：「我們的尾巴雖然短得只有一小截，但奔跑起來，它會像塊小手絹似的一揚一揚。我在媽媽身後跟着，知道媽媽正在前面用尾巴招呼着

我——快緊緊跟上。」

小兔子又說：「小蜥蜴，你的身子很長，可是尾巴和你的身子很不相配。再說，我也看不出你的尾巴能派上什麼用場。」

蜥蜴回頭瞧瞧自己的尾巴，確實不怎麼顯眼，而且也說不出有什麼特點。

小蜥蜴有點兒悶悶不樂。

小蜥蜴的朋友小刺蝟知道小蜥蜴在為自己的尾巴不開心，就說：「森林裏的格格丁巫婆是個好心的巫婆，你可以去找找她呀！」

「找她有用嗎？聽說她是個很糊塗的巫婆呢！」小蜥蜴有點兒不放心

地說。

「她是有點兒糊塗，但是她的魔法從來沒有傷着過誰，相反，總是幫助了別人，沒準兒她也能幫你的忙呢。」

「謝謝你，為我出了好主意！」這時候，蜥蜴發現草叢裏有幾顆鮮紅的覆盆子，這是一種甜甜的小漿果。他採下一顆放進嘴裏，那覆盆子的味道酸酸甜甜的，很爽口。他給小刺蝟也送上一顆說：「謝謝你。」

小刺蝟接過覆盆子吃了，說道：「好甜喲，這味道真不錯！」

蜥蜴說：「我就是愛吃覆盆子！」

蜥蜴採了一捧紅紅的覆盆子，邊吃邊朝着格格丁巫婆那兒走去。

「格格丁巫婆，您好！」

「你好，懂禮貌的小傢伙，找我有事嗎？」格格丁巫婆正在門口站着。

「伙伴們說我有一個長長的身子，卻只有一條短尾巴。我想讓我的尾巴變長一點兒，那樣也許會漂亮些。」

「確實它和你的身子真是有點兒不相配。」格格丁巫婆朝蜥蜴的尾巴看了一眼，「你想讓你的尾巴有多長呢？」

蜥蜴瞧瞧自己手中的覆盆子說：「有八顆覆盆子那麼長吧！」

「你有覆盆子？」格格丁巫婆的眼睛都發亮了，她也非常愛吃這種紅

色的漿果。

「有，可惜現在只剩一顆了。」

「快去採些吧，我可以邊吃邊幫你施魔法呢！」

「採八顆嗎？」

「不，八顆太少了點兒，吃上十二顆覆盆子才過癮。」

不一會兒，蜥蜴就採來了十二顆覆盆子。

格格丁巫婆接過覆盆子說：「你剛才說，你的尾巴要有幾顆覆盆子那麼長？」

「八顆！」

「行，我能辦到。」

格格丁巫婆嘰里咕嚕地唸起了咒

語，然後朝嘴裏塞了一顆覆盆子，説了一聲：「長！」蜥蜴的尾巴長長了一點兒。

她吃下第二顆，又説了一聲：「長！」

格格丁巫婆吃下了八顆覆盆子，該停下

來了，可她完全忘記了這事，邊吃還邊在說：「長！長！」

一直到她把十二顆覆盆子全吃完。

蜥蜴的尾巴有了十二顆覆盆子那麼長。他回頭看看自己的尾巴說：「我的長尾巴很漂亮，可我覺得它好像太長了一點兒。」

格格丁巫婆嚥下最後一顆覆盆子，她看了看蜥蜴說：「我光顧着吃覆盆子，又有點兒犯糊塗了。你的尾巴是長了一點兒，但它和你的身子確實很相配。」

蜥蜴謝過格格丁巫婆，高興地回家去了。

第二天，蜥蜴又來找格格丁巫婆，他愁眉苦臉地說：「這條長尾巴為我帶來了太多的麻煩。有一次，它被幾根枯草莖纏住，讓我難以脫身。還有兩次，我的長尾巴被狐狸和黃鼠狼拽住，差點兒讓我送了命，我再也不敢要這長尾巴了！」

「真的不想要這條長尾巴了？」格格丁巫婆嚴肅地對蜥蜴說，「你別後悔啊。」

「可是，說實話，我又實在喜歡這條長尾巴。」

「讓我想一想，也許能補救我先前的糊塗造成的麻煩。」格格丁巫婆使勁地翻她的魔法書，看了一頁又一

頁，最後她說，「請相信，我找到了一個好辦法！」

格格丁巫婆合上魔法書，對着蜥蜴唸起了魔咒。唸完了她說：「蜥蜴，從現在開始，你有了一條掉了能再長的尾巴。要是遇到危急情況，你可以截斷自己的尾巴，把

它丟給你的敵人，趁機逃走。不久，你能重新長出一條又長又美麗的尾巴。但是，一定要注意不是可以無限地再生長哦。」

「太好了，謝謝糊塗巫婆……不，謝謝聰明好心的格格丁巫婆！」

有一天，蜥蜴碰到了好朋友刺蝟，刺蝟說：「蜥蜴，你有條多麼漂亮的長尾巴！」

蜥蜴說：「格格丁巫婆給了我一條奇妙的尾巴。這已經是我換的第二次尾巴了。我的長尾巴不僅漂亮，還能讓我及時擺脱危險！」

「真是個了不起的糊塗巫婆喲……」刺蝟也跟着驚歎道。

吊在掃帚把上的小猴

接連幾個陰雨天，格格丁巫婆心裏很煩躁。幸好，今天終於迎來了一個晴天。

烏雲消散了，天空變得藍瑩瑩的，幾朵白雲在風的吹動下，慢慢地飄動。其中有朵白雲，像一隻伸長的手臂，在招呼格格丁巫婆快快飛上藍天，和她做伴。

格格丁巫婆扛着掃帚，走出來。

門外，有羣小猴正在戲耍。

瞧着格格丁巫婆扛着掃帚來了，有隻名叫小機靈的猴子說：「格格丁巫婆要去哪兒旅行，帶上我吧！」

「哈哈，」另一隻小猴調皮地說，「你跟糊塗巫婆去旅行，沒準兒她會把你送到月亮上去的！」

「也許是大海洋！」另外兩隻小猴說。

「我很想把你們幾個調皮鬼送到太陽上去呢！」

「那裏太熱，我們受不了。」小猴們笑着說。

小機靈猴說：「格格丁巫婆，我真的願意和你一起去旅行，不管你把我送到哪裏，我都能快快樂樂地回來。」

「我喜歡你這樣的小猴，快跟我來吧。」

小機靈猴一下子爬上了格格丁巫婆的掃帚。掃帚慢慢地飛了起來。

「格格丁巫婆，你真的要帶小機靈去旅行啊，也帶上我們吧！」小猴們七嘴八舌地爭着說。

「不帶你們，你們沒有他機靈勇敢。」格格丁巫婆帶着小機靈已經飛上了天空。

「坐穩了，小猴！」格格丁巫婆回過頭來說。

「放心吧，我坐得很穩，雙手緊

緊握住掃帚把呢！」

「這很重要，我會讓你開心的。」

掃帚飛過森林，飛過草地，小機靈發出一聲聲驚歎。

「地面上的風景好美喲！」

小機靈又抬頭看前面，他說：「格格丁巫婆，前面有隻小鳥，你能追上她嗎？」

「這有什麼難的，我只要一使勁就能飛到她的前面去！」

「那你使勁啊，使勁啊，快使勁！」小機靈興奮地喊叫着。

格格丁巫婆稍稍一使勁，他們的掃帚就飛過小鳥的身旁，到前面去了。小鳥一驚

慌，側着翅膀轉了個彎，飛走了。

小機靈說：「格格丁巫婆，你瞧見沒有，剛才小鳥側身轉彎的姿勢多美啊，你能嗎？」

「當然能，轉個彎挺容易的。」格格丁巫婆一側身子，靈巧地來了個360度的大轉彎。

「好過癮啊。」小機靈樂得狂叫，他說，「你會翻跟頭嗎？翻幾個跟頭怎樣？憑你的本領一定能！」

「行，沒問題。」格格丁巫婆在小機靈的喊叫聲中，在天上一連翻了三個跟頭。

掃帚又向前飛了。飛了一段路後，格格丁巫婆有點兒奇怪：怎麼小

機靈一下變得老實了？聽不見他的一點兒聲響。

格格丁巫婆回頭一看，身後的掃帚把上空空的，小機靈不見了。格格丁巫婆嚇出一身冷汗，她再仔細一瞧，小機靈正抓住掃帚把，兩腿懸空地吊着呢，他緊張得不敢發出一點兒聲音來。

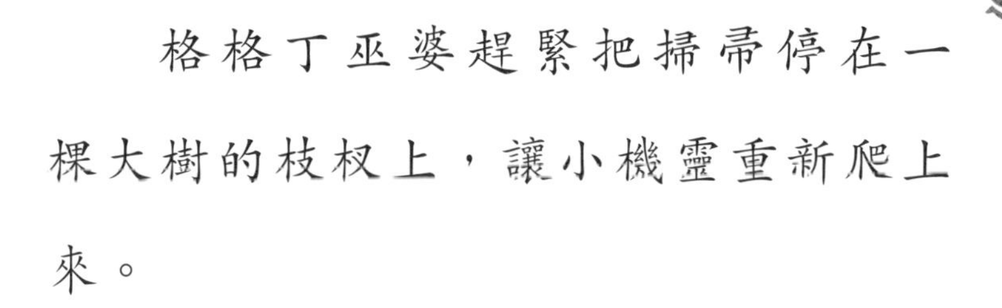

格格丁巫婆趕緊把掃帚停在一棵大樹的枝杈上，讓小機靈重新爬上來。

「你怎麼這樣懸空吊着，想玩盪鞦韆嗎？」格格丁巫婆問小機靈。

「誰想盪鞦韆，你瞧我的手臂吊得又酸又麻，我都嚇壞了。」

「我真是個糊塗巫婆，翻跟頭時，沒想到你還騎在我的掃帚把上，沒掉下去算你運氣好。下次可得小心點兒。」

他們重新飛上天空。

這次小機靈老老實實地坐在掃帚把上，再也不亂説亂動了。

格格丁巫婆也小心地駕駛着她的

掃帚。他們開始往回飛。

這時，從左邊飛來一把掃帚，上面是格格丁巫婆的師姐——住在不遠處的丁丁格老巫婆。丁丁格巫婆說：「你好啊，格格丁巫婆！」

「你好，師姐！」

「你的身後還帶着誰？」

「我的一個小朋友，是隻機靈的小猴。」

「說響亮些，我一句也聽不清！」

格格丁巫婆這時才想起，她的師姐耳朵聾得厲害。她又大聲地喊叫了一遍，這次丁丁格巫婆聽清了，她笑着說：「小猴，你可

得坐穩了！」

當兩位巫婆騎着掃帚並排聊天的時候，格格丁巫婆突然鼻子癢了，打了個重重的噴嚏：「阿——嚏！」

「你打噴嚏，感冒了？」

「沒有。我的這個噴嚏夠響，連你都聽到了。我只是鼻子癢，也許是飛進一根羽毛。」

格格丁巫婆瞧瞧遠處，說：「天色不早了，我得早點兒趕回去。」說着她告別丁丁格巫婆快速飛了回去。

格格丁巫婆飛下來時，等在她小屋前面的小猴們問：「格格丁巫婆，我們的伙伴小機靈呢？」

格格丁巫婆回頭一看，小機靈早

已不在她身後了。

格格丁巫婆頓時嚇傻了，她不知道把小機靈丟在哪兒了。

「會不會你真的把他送到月亮上去了？」一隻小猴擔心地説。

「沒準兒趁你不注意時，老鷹一口把小機靈叼走了吧？」

格格丁巫婆一時急得説不出話來。

「我瞧見了，小機靈還在天上！」有隻小猴抬頭叫着。

大夥兒朝天上一看。

小機靈猴正雙腿懸空，吊在丁丁格巫婆的掃帚把後面，向着地面飛來。

「他怎麼會在我師姐的掃帚把上？」格格丁巫婆驚奇地問自己。

丁丁格巫婆騎着掃帚來到格格丁巫婆身邊，說：「你的噴嚏真厲害，把小機靈震上了天空，正巧掉落在我的掃帚把上，他就懸在我的掃帚後面。我們一路飛來了，他手臂的勁夠大！」

小機靈猴正在一邊揉他的手臂，由於兩次吊在掃帚把上，他的臂膀長了許多，粗壯了許多。

從此以後，小機靈猴變成了一隻有着粗粗長長臂膀的猴子，這是其他猴子所沒有的。有了這樣的臂膀，在樹林裏盪來盪去，採摘果子都方便多了。

森林裏從此多了一種長臂猿。據説，這就是糊塗巫婆格格丁的功勞。

一堆亂七八糟的鞋

早先，蜈蚣並不叫蜈蚣，他也沒有那麼多腳。那時候，蜈蚣生活在陰暗的角落裏，他和蜘蛛一樣，只有八隻腳，人們叫他「八足蟲」。

八足蟲和格格丁巫婆生活在同一個村莊裏。不過，他們很少往來，格格丁巫婆愛在她的木屋裏研究魔法。八足蟲喜歡在牆縫裏、泥土上悠閒地散步。

八足蟲的生活過得很平淡。

可是，有一天，八足蟲的平靜生活給打破了。事情是由狐狸先生引起的——

狐狸先生為了維持生計，在八足蟲住的村莊邊的一個小鎮上，開了一家鞋店，專門賣各種運動鞋和名牌鞋子。各種品牌和顏色的，大大小小的都有。

八足蟲第一次經過狐狸先生的鞋店門口，就被櫥窗裏陳列着的那些精美的鞋子給迷住了。

「天哪！」八足蟲抬起頭望着玻璃櫥窗裏上面一雙、下面一雙，左面一雙、右面一雙的鞋，眼睛都看花了。

OPEN

「這些鞋真讓人喜歡！」

「你想買鞋嗎？」狐狸瞧着門外站着一位客人，很高興地說，「我這兒有世界上最好的鞋，保你穿着又漂亮又合腳！」

「是嗎？」八足蟲目不轉睛地看着櫥窗說。

「要是你想買的話，」狐狸瞧瞧這個客人有八隻腳，他打心眼兒裏高興，「我可以給你個優惠價。」

「怎麼優惠？」

「要是你想給每隻腳穿一隻鞋的話，我可以打八折。」

八足蟲一聽挺高興，就掏出口袋裏所有的錢，買了四雙鞋，穿在八隻

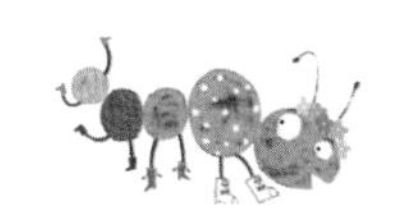

腳上。他走上幾步路，顯得挺神氣。

他的第一對腳，穿的是白色運動鞋；第二對腳，穿的是紅色運動鞋；第三對腳上是黑色運動鞋；第四對腳是綠色運動鞋。

八足蟲走在街上，無論誰見了都

說：「多神氣啊，多漂亮的鞋！」

八足蟲從來沒有聽到過那麼多讚揚，別提有多高興了。而且這樣一來，狐狸先生的鞋店生意也好了許多，八足蟲成了他的活廣告。

那一天，八足蟲又來到狐狸先生的鞋店前，他看櫥窗裏又多了許多新品牌的鞋，不由得心裏癢癢，心想，「我再多長幾隻腳就好了。」

誰知，八足蟲這個想法，讓狐狸先生一眼看出來了。狐狸先生拍拍胸脯說：「八足蟲先生，你要是有更多的腳，腳上所有的鞋都由我包了，一分錢不收！」

「真的？」八足蟲興奮地說，

「真的一分錢不收？」

「那還用說。」狐狸得意地說，他心想，要是這條傻瓜蟲長出更多的腳來，幫他穿鞋做廣告，他店裏的生意不是會更好嗎？

八足蟲回到家裏，他左思右想：怎麼才能讓自己變出更多的腳，能穿上更多漂亮的鞋，成為一條最神氣漂亮的蟲子呢？

突然，八足蟲想起村子裏的格格丁巫婆來。聽説這位巫婆是有魔法的，何不去求她幫幫忙，讓自己再變出幾隻腳來呢？

八足蟲把自己的想法和狐狸一商量，狐狸就説：「這可是個好主意。

要是格格丁巫婆能滿足你的要求，我可以送她一雙最漂亮的、專供巫婆穿的運動鞋！」

八足蟲帶着那雙狐狸送給巫婆的運動鞋，去找格格丁巫婆。

格格丁巫婆聽了八足蟲的要求，起先不肯辦這件事，她好意地勸告八足蟲：「要知道，並不是腳越多越好看，腳多了會給你惹麻煩。」

可是，經不住八足蟲再三要求，再説狐狸送的那雙運動鞋，也太讓人喜歡了，她終於答應了八足蟲的要求。

「那麼你要變多少隻腳呢？」

「你看着辦吧，只要我能穿上狐

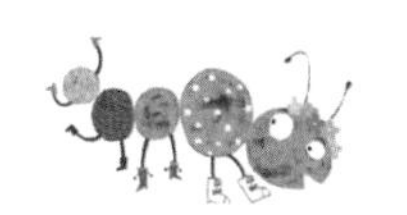

狸櫥窗裏的那些新鞋就行了。」八足蟲興奮地説。

格格丁巫婆穿上狐狸送的運動鞋，來到狐狸先生的鞋店前一看，櫥窗裏陳列着很多很多運動鞋。格格丁巫婆數了數，一共有21雙，整整42隻鞋。

格格丁巫婆也沒再徵求八足蟲的意見，就唸起了魔咒。她把魔咒唸完，説了一聲：「變！」

眼前騰起一陣煙霧，等煙霧散盡，只見八足蟲的身子一下子增長了許多，細細一數，一共有21節，每一節兩邊都各有一隻腳，一共長出了42隻腳，八足蟲變成了42足蟲，他自己嚇了一大跳。不過他想到自己的每隻腳上馬上就能穿上狐狸先生免費贈送的鞋，就非常高興了。

再說，狐狸先生一看八足蟲成了「42足蟲」，也嚇了一大跳，他說：「格格丁巫婆，你太過分了，會讓我破產的！」不過他再一想，這樣也好，等八足蟲穿上42隻鞋，會有轟動的廣告效應，他鞋店的生意還會差嗎？

狐狸先生減去八足蟲原有的四雙鞋，又慷慨地送了他17雙鞋，八足蟲別提有多高興了。他在狐狸先生的鞋店裏把一隻隻鞋套在腳上，繫好鞋帶，從早上一直忙到傍晚，才穿完所

有的鞋。

八足蟲穿着42隻花花綠綠的鞋，在街上一走，果然引起了轟動。村裏村外和鎮上所有的人都出來觀看。

一隻蟋蟀說：「了不起，這場面真壯觀！」

一隻螞蚱說：「我也要去買三雙鞋穿。」大家都知道，螞蚱有六隻腳。

狐狸先生的生意一下子紅火起來。

可是好景不長。沒過幾天，八足蟲就讓這42隻鞋累趴下了。他每天要花好長時間穿鞋，穿得頭昏眼花。而且他再也顧不上把一雙雙鞋的顏色配成對，而是紅一隻綠一隻地亂穿。

更糟的是，42隻鞋穿在腳上很笨重，走路累極了。鞋裏很悶，腳再一出汗，都生了腳癬。42隻癢癢的腳該有多難受！

八足蟲癢得直蹬腳，難受得身子一拱一拱的。大家看過去，不見八足蟲的細長身子，只見一堆扭動着的鞋。

那堆亂七八糟的鞋彷彿在叫喊：「難受死了，難受死了……」

這樣一來，誰還願意再去狐狸先生店裏買鞋呢？鞋店的生意一下子清淡下來。狐狸先生氣得頭上直冒煙。

那天，當八足蟲穿着一長溜亂七八糟的鞋，在街上走的時候，狐狸先生追了上來。他把八足蟲腳上的鞋都脫下來，要了回去。

八足蟲叫着說：「有幾雙鞋不是我自己買的嗎？」

狐狸生氣地說：「那些賠償我的損失還不夠呢！」

瞧着八足蟲光着42隻腳，一副無

奈的樣子，看熱鬧的蟋蟀和螞蚱都笑了起來，說：「八足蟲，你變成42足蟲了。忙了半天，你真是勞而無功啊！」

「無功，無功，我真是無功啊！」八足蟲望着42隻光腳氣憤地說。

就在這時，村子裏一隻專管户籍的知了跑來了。他對八足蟲說：「知了，知了，我知道你原來叫八足蟲，有八隻腳。現在你變成42隻腳，而且你的名字也改了。剛才不是你自己說的嗎，你是無功。看來你叫無功了。」知了翻開那本厚厚的户籍冊說，「你還得重新拍一張登記照片，這上面你的名字也必須改過來。」

知了抓抓腦袋說：「叫無功多難

聽啊！我想想——你的名字就叫蜈蚣吧！」

知了馬上把蜈蚣這個名字登記在八足蟲的户籍冊上了。

正巧，蜈蚣見格格丁巫婆也在這裏看熱鬧，就說：「格格丁巫婆，請你把我的腳變回去吧！」

「不好意思，」格格丁巫婆抱歉地說，「我的魔法向來都是只做加法不做減法的。要是你想再加幾隻腳我能辦到，要變回去我沒這個本領。」

「真是個糊塗巫婆啊！」蜈蚣連連搖頭說，「不過真正糊塗的還是我自己。」

格格丁巫婆同情地瞧着蜈蚣。蜈蚣抬腳走了幾步路，格格丁巫婆說：「蜈蚣先生，你雖然多了幾十隻腳，不過你走路的模樣挺像一列火車，還是挺神氣的。」

「是嗎？」一聽這話蜈蚣又有點兒高興了，他說，「做火車比穿一大堆亂七八糟的鞋要強多了！」

光頭獅子的帽子

小獅子非常不滿意自己的腦袋。

不是嫌腦袋笨，而是嫌腦袋上的毛又少又短，大夥兒都叫他光頭獅子。

小獅子很想為自己找一頂合適的帽子。他想，如果戴頂帽子遮蓋一下，也許自己的模樣會很帥，很威風，大夥兒也就不會再叫他光頭獅子了。

小獅子平時很愛畫畫，大夥兒

都説他挺像個畫家。他躲在家中，為自己畫了八幅戴着帽子的畫像。畫像上的每一頂帽子，都非常漂亮非常神氣。他挑了一幅自己最滿意的畫，去找格格丁巫婆，想請她為自己變出一頂像畫上一模一樣的帽子，這可是他精心設計的帽子。

這天，格格丁巫婆正在家裏忙碌着，她發現自己近來時常感冒。是自己太老了，抵抗力差了呢？還是天氣

忽冷忽熱，變化太大？後來在鏡子前梳頭髮時，她發現自己每次洗頭梳頭時都會掉不少頭髮。頭髮變得越來越稀薄，腦袋就容易受涼，患上感冒。

格格丁巫婆決定為自己變一瓶生髮魔水。只要抹上這種魔水，頭上就能長出很多頭髮來，這樣腦袋就不會再受涼。她一心一意地變起魔水來。在變出來的魔水中，又放進去一把雞毛，雞毛在魔法中意味着美麗和光亮；她又放進一把棕絲，棕絲在魔法中代表着生長迅速和茂盛。

生髮魔水變好了，格格丁巫婆有點兒猶豫了，她對自己放的雞毛和棕絲的分量，不太有把握。她擔心萬一

這魔水塗在頭上，頭髮長得像公雞尾巴那樣，她會被人當作怪物；要是頭髮長得像一隻棕毛刷子，也同樣可怕。

正在格格丁巫婆猶豫不定的時候，光頭獅子來找她了。看了光頭獅子的畫，格格丁巫婆覺得這畫上的帽子式樣美觀大方，挺適合

自己。戴上這樣的帽子不僅漂亮，而且再也不會感冒了。

格格丁巫婆答應了獅子，馬上為他變出這樣一頂帽子來。格格丁巫婆唸咒語時，心中想着的卻是自己頭頂要戴的帽子。她一走神，結果把帽子變小了。這帽子戴在格格丁巫婆頭上正好，戴在獅子頭上，像頂着個小蓋子。

「這帽子適合我戴嗎？」光頭獅子生氣地看着格格丁巫婆。

「對不起，這帽子太小了點兒。不過它戴在我的頭上也許很合適。」格格丁巫婆不好意思地說，「請等一會兒，我一定會再幫你變出一頂合適又漂亮的帽子來。」

格格丁巫婆戴上帽子，她要立即去她師姐丁丁格巫婆那兒請她看看這帽子是否適合她。格格丁巫婆答應光頭獅子，回來就幫他變頂合適的帽子。

「我會等你的。」獅子說，「這帽子戴在你頭上非常漂亮，就像專門為你設計的！」

「如果真是這樣，我會重重謝你的！」格格丁巫婆笑着走出門去。

獅子在格格丁巫婆家等得有點兒無聊，他看見巫婆的桌子上放着一瓶魔水，他不知道這魔水是幹什麼用的。

獅子心想，格格丁巫婆費了很大力氣變出的魔水，一定有非凡的魔力。

他很想知道，這是一瓶派什麼用場的魔水。獅子挺想嘗上一口，但他怕魔水會把他變成一頭什麼怪物，當一隻光頭獅子雖然有時不快活，但當一頭怪物更糟。

光頭獅子瞧瞧這瓶子的口挺大。他想，我可以把尾巴伸進瓶子攪一攪，弄點兒魔水出來聞聞是什麼味道。

想到這兒，獅子就把尾巴伸進瓶子輕輕攪了攪。他剛拿出尾巴，就覺得自己的尾巴尖上癢癢的、麻麻的、辣辣的，好像有許多螞蟻在上面爬，又像有許多小針在輕輕地扎……

獅子舉起尾巴一瞧，只見他的尾巴梢上長出一簇細細長長的毛。他用勁甩了甩尾巴，這尾巴顯得神氣又漂亮。

這時，一陣風吹來，光頭獅子覺得頭上涼颼颼的。他想，要是自己的

腦袋上也塗上這樣的魔水，沒準兒他的頭上會長出一頭密密長長的鬃毛來，那時自己就不再是一隻光頭獅子了。想到這兒，獅子把一瓶魔水全都塗抹在頭上了。不一會兒，獅子的頭上長出了蓬蓬密密的長長鬃毛。

光頭獅子在鏡子前一照，他再也不是光頭，他被自己的模樣驚呆了，

忍不住讚歎了一句：「格格丁巫婆的魔水好厲害，我再也不用戴什麼帽子，現在這個模樣棒極了！」

從此，獅子設計的那頂帽子，成了格格丁巫婆出門離不開的伙伴。

格格丁巫婆一點兒也不想追究獅子用完了她的生髮魔水，她對着神氣的獅子驚歎着：「一隻多麼漂亮威武的獅子！這一頭粗壯的鬃毛正適合你，我要用它來謝謝你給我設計的這頂合適又漂亮的帽子！」

耳朵像蒲扇的先生

大象是森林裏的美男子。

他長着一根長長彎彎的鼻子。

還有一對大大的耳朵。

四條粗長的腿，支撐着他龐大的身子。

尾巴呢？短短一截，藏在他的屁股後面。

大象身子敦敦實實，走路步伐穩重，像一位很有教養的紳士。

據說，早先他並不是這樣的。

那麼是什麼樣子的呢？

你從他一連串的外號中，可以想像他的模樣。

大象那時還不叫大象，叫什麼呢？對不起，他的伙伴們沒有一個記得住。反正——

小猴子叫他鈎子。

沒錯，大象彎彎長長的鼻子確實像鈎子。

松鼠叫他柱子。

這也沒錯，他的四條腿又粗又直，不很像柱子嗎？

狐狸叫他繩子。

這有點費解，但也沒錯，他細細

的尾巴，不是很像根短繩子嗎？

最有趣的是饞嘴的小熊，他愛把大象叫作餃子。

這更讓人費解了，那時大象的耳朵不像現在這樣，他腦袋大，鼻子長，四條腿粗壯。不過，耳朵沒有現在這麼大，他的耳朵像兩個大餃子，長在腦袋的兩邊。

鈎子、柱子、餃子，這些外號大象都無所謂，誰叫他沒個好好的能讓人記得住的名字呢！可是，對於繩子這個外號，很讓大象受不了。身材魁梧的大象，怎麼會和繩子聯繫在一起了。而且，對於身上各個部位，大象最不滿意的就是他的尾巴。

那麼大大的身子，尾巴只有短短的一截，難怪愛開玩笑的狐狸，會給他取這麼個不倫不類的外號。

不管是叫他鈎子、柱子還是餃子，大象都會答應，唯有稱呼他繩子，會讓他很生氣。

再說，大象也非常羨慕松鼠的大尾巴。那毛茸茸的大尾巴，既像降落傘，又能遮陽擋雨，晚上蓋在身上，還是很好的被子。

他也很羨慕斑馬、獅子，都有一條毛茸茸的長長的尾巴，這不僅讓他們整體好看，更重要的是還實用，隨時隨地都可以甩動尾巴，趕走停在身上的小蟲。

說起小蟲，那是大象最討厭的。

別看大象的皮粗粗、厚厚的，他的皮膚上面有很多靈敏的神經，他怕太陽曬，更怕小蟲子叮咬，這些蟲子弄得他身上癢癢的，很讓他受不了。

要是他有條像斑馬、獅子那樣的長尾巴，使勁一甩，就能把討厭的飛蟲趕走，這有多舒服。

沒有一條稱心的大尾

巴，很讓大象鬱悶。他整天低垂着腦袋，想着這件事。

這事讓森林裏的小灰兔知道了，他很關心大象，別看他倆身材不一樣，可是很好的朋友。

灰兔給大象出了個主意，小兔愛叫大象柱子，有時也叫他鈎子，說：「柱子，我知道你為了尾巴的事很不高興，我給你出個主意。聽說，森林裏的格格丁巫婆，那老太太心腸特好，本領也大。你可以去找她幫幫忙，沒準她能給你想出一個好辦法，解除你的苦悶。」

這話讓樹上的松鼠聽到了，他說：「鈎子，別聽灰兔的，那個巫婆我知道，外號叫糊塗巫婆，魔法常出錯，弄得不好，你的尾巴問題沒解決，又給你添新的麻煩。」

「誰說的，」灰兔說，「格格丁巫婆有時會犯點糊塗，可是她的心腸挺好，從沒傷害過誰。去吧，我了解格格丁巫婆，你去找她準沒錯。」

為了這事，大象悶頭想了三天，他沒想出其他更好的法子，就隨着灰兔去找格格丁巫婆了。

灰兔帶着大象轉了幾個彎，來到大橡樹下格格丁巫婆的小屋前。

格格丁巫婆正在小屋前的草地上，採摘野菊花。她很喜歡把野菊花曬乾了泡茶喝，

說這能安定心神，對她施魔法很有好處。

「格格丁巫婆，我給您領來一位客人。」灰兔說。

「這是誰啊？」格格丁巫婆摘下一朵野菊花問。

「你可以叫他鈎子，他的鼻子像鈎子。」

「有點像！」

「你可以叫他柱子，他的四條腿像柱子。」

「有點像！」

「你可以叫他餃子，他的兩隻耳朵像餃子。」

「有點像！」

「你可以叫他繩子，他的尾巴像繩子。」

「不太好聽，但有點像。」格格丁巫婆瞧瞧大象的尾巴。

「鬧了半天，他究竟叫什麼名字。」格格丁巫婆又問。

「隨你怎麼叫。只要別叫他繩子，他不愛聽。」灰兔說，「就為這事，他特地來找您。」

聽了灰兔和大象的要求，格格丁巫婆停止了採花，朝大象看了很久，好像在想什麼。

「我覺得他的長相，哪裏有點不對勁！」格格丁巫婆說。

「就是尾巴呀。格格丁巫

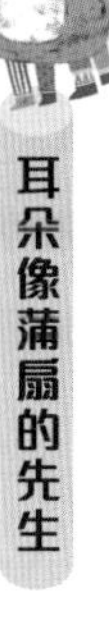

婆，您就給他想個法子，讓他的尾巴變大變長吧。他很想要這樣一條尾巴，有了這樣的尾巴，再也不會有人叫他繩子了。」

「繩子，繩子。」格格丁巫婆一邊看着大象的臉，一邊輕輕地唸起了咒語，「你是不要讓尾巴像繩子嗎？」

「沒錯。」大象説。

格格丁巫婆盯着大象的臉，一邊繼續唸她的咒語，然後説了一聲：「變！」

只見大象眼前騰起一陣細煙。

灰兔仔細一瞧，驚叫起來：「怎麼他的尾巴還是那麼細、那麼短！」

灰兔再一瞧大象的臉，更吃驚

了：「怎麼他的耳朵變那麼大了，大得像兩把蒲扇！」

大象也吃驚地搖了搖頭，兩個大耳朵一扇一扇的：「糟糕，以後大夥得叫我扇子了！」

「真的像扇子！」兔子跳了起來。

「看來有點糟糕。」格格丁巫婆對大象說，「也許我又犯糊塗了。我唸咒語的時候，起先是想把你的尾巴變長變大。可是後來又一想，你的身子那麼高那麼大，要讓尾巴能甩到背上趕蟲子，你的尾巴得多長啊。」

「是的。那樣的尾巴要很長很長。」灰兔說。

「所以，我一分心，就把咒語的

結尾部分給唸到別處去了。」

「可是，你也不該把我的耳朵變這麼大呀！」大象又晃晃他的腦袋說。

「不。」格格丁巫婆認真地瞧着大象的腦袋說，「我是唸出了我心中的想法。剛才一見你，我就覺得大夥所以叫你鈎子、柱子、餃子、繩

子，毛病就出在你的耳朵上，你的耳朵太小，像兩個餃子，所以你身上其他部位的問題就變得突出了。現在你的耳朵一變大，和你的鼻子、腿相稱，都協調了。不信，請灰兔瞧

瞧，現在看鼻子還像鈎子嗎？」

「不大像，」灰兔說，「因為他的耳朵變大了，鼻子也顯得很協調，不再像個很突出的大鈎子。」

「他的四條腿呢，還像四根很顯眼的大柱子嗎？」

「不大像，」灰兔說，「真奇怪，他的耳朵一變大，鼻子顯得更好看了，和四條腿也相稱，儘管我還叫你柱子，但是你的腿已經不像四根孤零零的柱子，你身上的各個部位很協調，漂亮、端莊，顯得好紳士！」

「是嗎？」大象說，「我覺得耳朵也變得比以前更好使了，我能聽到很遠處的聲音，這彌補了我身子的笨重，能讓我的行動變靈活一點。」

「沒錯。」格格丁巫婆說，「我起先很擔心，我又犯糊塗了，把你的耳朵變那麼大。現在看來，你就需要那麼大的耳朵。你不覺得如今的你，什麼都不像，就像你自己了嗎？」

「我喜歡我像我自己！」

「而且，」格格丁巫婆瞧了一眼灰兔說，「你的朋友給你取了個很好的名字。」

「什麼名字？」

「剛才，灰兔不是連着說：『不大像，不大像』，現在耳朵變大後，不一樣了，變得大像了，你就叫大象吧！」

「這個名字太好聽了，他已經不像鉤子，不像柱子，不像餃子，也不像繩子，就是大象。你就像你自己，一點沒錯！」灰兔開心地說。

「可是，我還想有條大尾巴！」

「不用。」格格丁巫婆說，「前面有個長鼻子，後面再拖根長尾巴，會很難看。至於長尾巴的功能，我想你的長鼻子可以代替。」

「我可以用長鼻子趕走背上的蟲子嗎？這不行！」

「你會想出好辦法來的，因為你還有個好腦子。」

果然，沒過多久，大象就想出了好辦法，他用長鼻子往自己背上撒一層泥土，這樣不僅蟲子沒法咬到，而且也不覺得陽光曬得厲害了。

大象非常滿意自己靈敏的耳朵，能幹的長鼻子，再也不覺得需要一根長尾巴了。

小猴、松鼠、兔子、熊和狐狸，看見他都叫他大象。他再也不是什麼鈎子、柱子、餃子，還是繩子了。大象就是一隻穩健、端莊又聰明的大象。

為了感謝格格丁巫婆，大象時常來給這位糊塗巫婆送上一串大香蕉。

開心的格格丁巫婆說：「謝謝，好帥的大象。快進屋陪我喝一杯野菊花茶吧。不——我又犯糊塗了，你個子太大進不來，還是我把野菊花茶搬到

門外吧！」

格格丁巫婆，把一小桶野菊花茶遞出窗外。

大象用他的長鼻子一飲而盡，說：「好香的茶啊，可惜少了點……」

張秋生魔法童話 4

巫婆格格丁的糊塗魔法

作　　者：張秋生
插　　圖：聶輝
責任編輯：陳友娣
美術設計：游敏萍
出　　版：新雅文化事業有限公司
香港英皇道499號北角工業大廈18樓
電話：(852) 2138 7998
傳真：(852) 2597 4003
網址：http://www.sunya.com.hk
電郵：marketing@sunya.com.hk
發　　行：香港聯合書刊物流有限公司
香港新界大埔汀麗路36號中華商務印刷大廈3字樓
電話：(852) 2150 2100
傳真：(852) 2407 3062
電郵：info@suplogistics.com.hk
印　　刷：中華商務彩色印刷有限公司
香港新界大埔汀麗路36號
版　　次：二〇一九年一月初版

版權所有・不准翻印

© Zhang Qiusheng
Illustration © China Peace Publishing House CO., LTD
First published by China Peace Publishing House CO., LTD in 2018
This translation right is arranged with China Peace Publishing House CO., LTD.
All rights reserved.

ISBN: 978-962-08-7171-9
© 2019 Sun Ya Publications (HK) Ltd.
18/F, North Point Industrial Building, 499 King's Road, Hong Kong
Published and printed in Hong Kong